すてきな3《さん》K《ケー》

おしごとのおはなし　看《かん》護《ご》師《し》

いとうみく　作
藤《ふじ》原《わら》ヒロコ　絵

講談社

「3K《さんケー》？」

洗面所《せんめんじょ》で手《て》を洗《あら》いながら、お母《かあ》さんはかがみごしにあたしを見《み》た。

「うん、3K《さんケー》。お母《かあ》さん知《し》ってる？」

「家《いえ》の間取《まど》りのこと？」

「ちがう！　と思《おも》う……たぶん。」

じつは、あたしもよくわかっていない。

「じゃあ、あっちかな。きけん、きたない、きついの三拍子《さんびょうし》そろっている仕事《しごと》のこと？」

えっ？　あたしはいっしゅんことばにつまった。でもたぶん、いまお母《かあ》さんが言《い》ったことであってる。

「希子《きこ》ったら、それがどうかしたの？」
水道《すいどう》のハンドルをひねって
ふりかえったお母《かあ》さんに、
ぶんぶんかぶりをふると、
お母《かあ》さんは
「あっ。」
と手《て》を打《う》って
にこっとした。
「そういえばね、
最近《さいきん》の３Ｋ《さんケー》って、
別《べつ》の意味《いみ》も

あるんだって。」

「なになに⁉」

思《おも》わずまえのめりになると、お母《かあ》さんはちょんとあごをあげて、親指《おやゆび》、人《ひと》さし指《ゆび》、中指《なかゆび》を一本《ぽん》ずつ折《お》りながら、

「きつい、帰《かえ》れない、給料《きゅうりょう》安《やす》い。」

って、得意《とくい》そうに言《い》った。

あたしはがんばったけど、ほっぺたがひくひくするだけで、上手《じょうず》に笑《わら》えなかった。

大《おお》きなため息《いき》をついて、ベッドに寝転《ねころ》がった。図書室《としょしつ》で借《か》りてきた本《ほん》を開《ひら》いたけど、ちっとも進《すす》まない。思《おも》い出《だ》したくなんてないのに、気《き》がつくと頭《あたま》のなかはお昼休《ひるやす》みのことでいっぱいになっている。

——看護師《かんごし》ってー、3K《さんケー》って言《い》われてるんだよねー。

そう言《い》ってにやにやしていた花梨《かりん》ちゃんの顔《かお》を思《おも》い出《だ》して、おなかのおくがしくっとした。

3K《さんケー》がなにかなんてわからなかったけど、いいことじゃないってことだけはわかった。

看護師《かんごし》はりっぱな仕事《しごと》だもん。

みんなの役《やく》に立《た》つ、すごい仕事《しごと》だもん。

ナースウエアを着《き》たお母《かあ》さんを思《おも》いうかべて唇《くちびる》をかんだ。

ことの始《はじ》まりは、昨日《きのう》のお昼休《ひるやす》みだ。

あたしとりっこが、校庭《こうてい》に行《い》こうとしたとき、花梨《かりん》ちゃんが「いいもの見《み》せてあげようか。」って言《い》いだした。

花梨《かりん》ちゃんの〝いいもの〟は、たいていあたしたちにとっては、いいものじゃない。このあいだは、お父《とう》さんが外国《がいこく》で買《か》ってきてくれたリップクリーム。そのまえは、おばあちゃんに買《か》ってもらったバニラのにおいのするボールペン。そのまえは、天使《てんし》の羽根《はね》みたいなしおり。

どれもすてきだけど、花梨《かりん》ちゃんは見《み》せてくれるだけで使《つか》わせてもくれないし、さわろうとすると「だめ。」っておこる。だからどんなにすてきなものでも、あたしたちにとってはいいものじゃない。

あたしとりっこは、どうする？　と顔《かお》を見合《みあ》わせた。本当《ほんとう》は校庭《こうてい》でドッジボールをしたかったけど、花梨《かりん》ちゃんの言《い》うことを聞《き》かないと、意地悪《いじわる》なことを言《い》われたりして、はっきり言《い》ってめんどうくさい。

あたしたちはしかたがないから、まわれ右《みぎ》をして、花梨《かりん》ちゃんの席《せき》のそばへ行《い》った。

みんなが集《あつ》まってきたことを確認《かくにん》すると、花梨《かりん》ちゃんはランドセルのなかから外国《がいこく》のモデルさんが表紙《ひょうし》の雑誌《ざっし》をとりだした。タイトルは英語《えいご》で書《か》いてある。

「わーそれなに？」

「すごーい。」

花梨《かりん》ちゃんの
グループの亜由美《あゆみ》ちゃんと
田中《たなか》さんが言《い》うと、
花梨《かりん》ちゃんは満足《まんぞく》そうに
鼻《はな》をぴくぴく動《うご》かした。
「ファッション誌《し》。
おしゃれな女《おんな》の人《ひと》は
みんな読《よ》んでるんだから。」
そう言《い》ってページを
めくった。

「あっ！　これ、花梨《かりん》ちゃんのお母《かあ》さんじゃない？」

田中《たなか》さんが言《い》うと、「え、どれ？」と言《い》いながら、亜由美《あゆみ》ちゃんが目《め》をキラキラさせて、雑誌《ざっし》をのぞきこんだ。

誌面《しめん》には、きれいな女《おんな》の人《ひと》が外国《がいこく》の人《ひと》と話《はな》している写真《しゃしん》が大《おお》きく写《うつ》っている。

「花梨《かりん》ちゃんのお母《かあ》さんって、モデルなの？」

だれかが言《い》うと、花梨《かりん》ちゃんは、ううんと首《くび》をふった。

「ママは通訳《つうやく》の仕事《しごと》をしているの。それでね、『おしゃれなワーキングマザー』っていう特集《とくしゅう》に出《で》てくださいって、たのまれちゃったんだって。」

すごいねーって言《い》いながら、みんなが雑誌《ざっし》をのぞきこんだ。

「花梨《かりん》ちゃんも将来《しょうらい》、通訳《つうやく》になるんだよね。」

「だよね、幼稚園《ようちえん》のときから英会話《えいかいわ》習《なら》ってるし。」

亜由美《あゆみ》ちゃんたちが言《い》うと、花梨《かりん》ちゃんは得意《とくい》そうに髪《かみ》に手《て》をあてた。

「ママがね、通訳《つうやく》の仕事《しごと》は、いろんな国《くに》の人《ひと》としゃべれるから楽《たの》しいよって。世界《せかい》が広《ひろ》がるんだって。」

「いいなー、花梨《かりん》ちゃん。うちのお母《かあ》さんは専業主婦《せんぎょうしゅふ》だもん。」

田中《たなか》さんが肩《かた》をすくめると、花梨《かりん》ちゃんはにこっとした。

「でも、田中《たなか》さんのお母《かあ》さんは毎日《まいにち》おうちにいてくれるんでしょ。うちのママはいつもいそがしいから、うらやましいよぉ。」

「えー、でもやっぱり花梨《かりん》ちゃんのお母《かあ》さんみたいだったら、かっこいいな。」

田中《たなか》さんのことばに花梨《かりん》ちゃんが満足《まんぞく》そうにうなずくと、まわりのみんなも「すごいねー。」

「いいなー。」って口々《くちぐち》に言《い》った。

「でもさぁ。」

ほうっておけばいいのに、りっこが口《くち》をはさんだ。

「働《はたら》いてるお母《かあ》さんはいっぱいいるよ。あたしんちもそうだし。」

りっこには、こういう負《ま》けずぎらいなところがある。

花梨《かりん》ちゃんはわかりやすくムッとした。

「じゃあ、りっこのお母《かあ》さんはなんの仕事《しごと》してるの⁉」

「会社《かいしゃ》で経理《けいり》の仕事《しごと》してる。」

「なーんだ。」

「なんだってなによ。」

「だって、そんなのだれでもできるもん。」

「そんなことない！」

りっこが言《い》うと、田中《たなか》さんたちがこそこそ言《い》いだした。

「でもさ、花梨《かりん》ちゃんのお母《かあ》さんとはやっぱりちがうよねぇ。」

そうだよね……と、みんなが顔《かお》を見合《みあ》わせた。

「あたしのママの仕事《しごと》は、
だれにでもできる
仕事《しごと》じゃないんだからね。」
鼻息《はないき》をあらくして
花梨《かりん》ちゃんが
りっこをにらむと、
りっこも花梨《かりん》ちゃんを
にらんだ。

いやな雰囲気《ふんいき》になっちゃったな……。

あたしは「りっこ。」と小声《こごえ》で言《い》いながらシャツのすそをひっぱった。

(ほうっておきなよ、花梨《かりん》ちゃんのじまん話《ばなし》に対抗《たいこう》したってめんどうなことになるだけだよ!)

心《こころ》のなかでさけぶと、りっこはあたしに顔《かお》を向《む》けて笑顔《えがお》になった。

よかった、思《おも》いが通《つう》じた。

と、ほっとしたしゅんかん、りっこは花梨《かりん》ちゃんを見《み》てあごをあげた。

「それなら、希子《きこ》のお母《かあ》さんのほうがずーっとすごいじゃん。」

えっ、なんで？
なんでそこにあたしの
名前《なまえ》が出《で》るの？
あたしのお母《かあ》さんがなに？
「どういうことよ。」
花梨《かりん》ちゃんがぷっと
ほっぺたをふくらませた。
「だって希子《きこ》のお母《かあ》さんの
仕事《しごと》は、だれにでもできる
ことじゃないもん。ねっ。」
「う、うん。」

勢《いきお》いにおされて、あたしがうなずくと花梨《かりん》ちゃんの顔色《かおいろ》が変《か》わった。

「希子《きこ》ちゃんのお母《かあ》さんって。」

「看護師《かんごし》だよ。よつば総合病院《そうごうびょういん》の看護師《かんごし》さんなんだから。看《かん》護師《ごし》って国家試験《こっかしけん》を受《う》けて、資格《しかく》をとらなきゃなれないんだからね！」

りっこが胸《むね》をはって言《い》うと、亜由美《あゆみ》ちゃんが言《い》いかえした。

「通訳《つうやく》だって資格《しかく》なきゃなれないし！」

「えっ、でも、通訳《つうやく》には資格《しかく》はありませんって書《か》いてあるよ。」

と、学級委員長《がっきゅういいんちょう》の星野《ほしの》さんが雑誌《ざっし》の記事《きじ》を指《ゆび》さした。

「本当《ほんとう》だー。
花梨《かりん》ちゃんのお母《かあ》さんが
言《い》ってるじゃん。
『資格《しかく》があるわけじゃ
ないから、自分《じぶん》で
通訳《つうやく》だって言《い》えば
だれでも通訳《つうやく》に
なれるんですよ。』
だってー。」
「りっこ、やめなよ。」

あたしはどきどきして、りっこをひっぱった。花梨《かりん》ちゃんは顔《かお》を真《ま》っ赤《か》にして雑誌《ざっし》をとりあげると、がたんっていすを鳴《な》らして、教室《きょうしつ》を出《で》ていった。そのあとを亜由美《あゆみ》ちゃんと田中《たなか》さんたち数人《すうにん》が、あわてて追《お》いかけていくと、みんなはパラパラと教室《きょうしつ》のあちこちに散《ち》っていった。

「もぉー、りっこってば言《い》いすぎだよ。」

あたしが言《い》うと、りっこは肩《かた》をちょんとあげた。

「あのくらい言《い》わなきゃわかんないよ。いっつもじまんばっかりしてさ、あたしのお母《かあ》さんのことだってバカにしたんだよ。」

「それはそうだけど。」

りっこの気持《きも》ちはよくわかる。お母《かあ》さんをバカにするようなことを言《い》った花梨《かりん》ちゃんが悪《わる》いと思《おも》う。だけど……。

真《ま》っ赤《か》な顔《かお》をして席《せき》を立《た》った花梨《かりん》ちゃんの目《め》に、涙《なみだ》がうかんでた。

じまんしたかっただけなんだ、花梨《かりん》ちゃんは。それにきっと、お母《かあ》さんのことが大好《だいす》きなんだ。

「でも言《い》いすぎ。」

あたしはぼそっと言《い》った。

五時間目《じかんめ》が始《はじ》まるまえに花梨《かりん》ちゃんは田中《たなか》さんたちと教室《きょうしつ》にもどってきたけど、帰《かえ》るまでひとことも口《くち》をきかなかった。

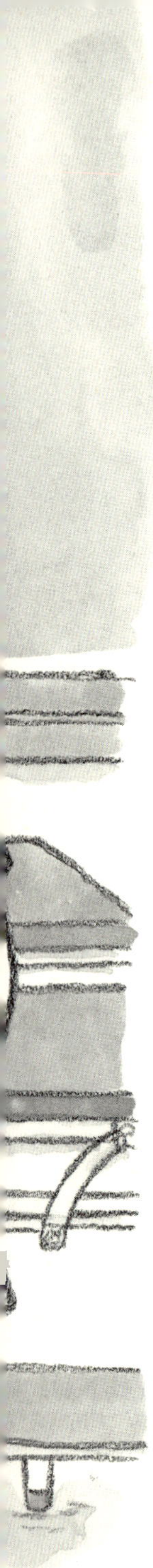

今日《きょう》のお昼休《ひるやす》み、日直《にっちょく》のりっこが職員室《しょくいんしつ》へプリントをとりに行《い》くと、あたしの席《せき》のまわりに、花梨《かりん》ちゃんたちが来《き》た。

「どうしたの？」

あたしが顔《かお》をあげると、花梨《かりん》ちゃんはにやにやしながらみんなと目《め》を合《あ》わせて言《い》った。

「看護師《かんごし》ってー、３Ｋ《さんケー》って言《い》われてるんだよねー。」

「サンケー？」

あたしが首《くび》をかしげると、亜由美《あゆみ》ちゃんが人《ひと》さし指《ゆび》をピンとのばして空中《くうちゅう》に数字《すうじ》の『３』とアルファベットの『Ｋ《ケー》』を書《か》いて、「３Ｋ《さんケー》」って言《い》いながら、ぷっと笑《わら》った。

意味《いみ》なんて知《し》らなくても、いい意味《いみ》じゃないってことはわかった。

「希子《きこ》ちゃんのお母《かあ》さんってえらいよねー、3K《さんケー》だよ、看護《かんご》師《し》って。あたしは絶対《ぜったい》ムリ。」

「だよねー、あたしもいやだな。」

「うちもやだー。」

「絶対《ぜったい》ムリムリ。」

みんなのことばが、とがった小石《こいし》みたいにあたしにぶつかってくる。

なんでいやなの？　ムリなの？　なんでそんなことを言《い》うんだろう。

3K《さんケー》ってなに？　って、聞《き》けばいいのに、あたしは意味《いみ》を聞《き》けなかった。聞《き》いたら、もっといたくなるような気《き》がしたから。

「ちょっとなにやってんの！」

教室《きょうしつ》の入《い》り口《ぐち》かららりっこの声《こえ》がして、小石《こいし》がとまった。

日曜日《にちようび》、目《め》が覚《さ》めたら
九時《じ》を過《す》ぎていた。
「おはよう。」って
リビングに行《い》くと、
お父《とう》さんがうしろから
パジャマのまま、
あくびをしながら
入《はい》ってきた。
テーブルの上《うえ》に目玉焼《めだまや》きと
サラダが置《お》いてある。
カレンダーをチェックする

と、今日《きょう》の日付《ひづけ》の下《した》に青《あお》いマル印《じるし》がついている。

「お母《かあ》さん、今日《きょう》は仕事《しごと》かぁ。」

お父《とう》さんはカレンダーを見《み》て言《い》った。

青《あお》いマルの日《ひ》は日勤《にっきん》で朝《あさ》八時半《じはん》から夕方《ゆうがた》五時《じ》まで。赤《あか》いマルの日《ひ》は夜勤《やきん》で夕方《ゆうがた》四時半《じはん》から次《つぎ》の朝《あさ》の九時《じ》までが仕事《しごと》だ。

あたしが小《ちい》さいころは、となりの駅《えき》の小《ちい》さな診療所《しんりょうじょ》っていうところで働《はたら》いていたけど、あたしが二年生《ねんせい》になった春《はる》から、三つ先《さき》の駅《えき》にある大《おお》きな病院《びょういん》で働《はたら》いている。

どっちも患者《かんじゃ》さんのお世話《せわ》をしたり、お医者《いしゃ》さんのお手伝《てつだ》いをするのが仕事《しごと》だけど、病院《びょういん》で働《はたら》くようになっていちばんちがうのは、週《しゅう》に一度《ど》、夜勤《やきん》があることだ。

診療所《しんりょうじょ》には入院《にゅういん》の設備《せつび》がなかったけど、病院《びょういん》にはたくさんの患者《かんじゃ》さんが入院《にゅういん》している。

「日曜日《にちようび》だって外来《がいらい》はお休《やす》みだけど、入院《にゅういん》している人《ひと》はいるし、救急《きゅうきゅう》で来《く》る人《ひと》もいるから三百六十五日休《にちやす》みなし。だからお母《かあ》さんたち看護師《かんごし》も交代《こうたい》で二十四時間《じかん》、患者《かんじゃ》さんのそばにいるのよ。」って、お母《かあ》さんが言《い》っていた。

夜勤《やきん》の日《ひ》は、あたしが学校《がっこう》から帰《かえ》るとすぐにお母《かあ》さんは病《びょう》院《いん》へ行《い》って、次《つぎ》の朝《あさ》、あたしが学校《がっこう》に行《い》ってから帰《かえ》ってくる。そのかわり、夜勤《やきん》の日《ひ》はお父《とう》さんが早《はや》く帰《かえ》ってきて、お母《かあ》さんが作《つく》っておいてくれた晩《ばん》ごはんをいっしょに食《た》べて、朝《あさ》ごはんはお父《とう》さんが作《つく》る。最初《さいしょ》のころは、食《しょく》パンをこがし

ちゃったり、目玉焼《めだまや》きがくずれたり、
野菜《やさい》いためのニンジンがすごく
かたかったりしたけど、いまは
フレンチトーストだって上手《じょうず》だ。

お父《とう》さんは、お母《かあ》さんの仕事《しごと》はとっても大切《たいせつ》で大変《たいへん》だってて言《い》うけど、お母《かあ》さんは「大切《たいせつ》じゃない仕事《しごと》なんてないでしょ。」って笑《わら》って、そのあとでかならずこう言《い》う。

「お母《かあ》さん好《す》きなのよ、看護師《かんごし》の仕事《しごと》が。」

「お母《かあ》さん、なんで看護師《かんごし》なんかになったんだろう。」

ぼそっと言《い》うと、お父《とう》さんがおどろいたようにあたしを見《み》た。

もしかしたらあたし、いけないことを言《い》っちゃった？

「希子《きこ》、どうした？」

「だ、だって。」

――あたしもいやだな。

――うちもやだー。

――絶対《ぜったい》ムリムリ。

花梨《かりん》ちゃんたちのことばを思《おも》い出《だ》したら悲《かな》しくて、くやしくて、だんだん、日曜日《にちようび》なのに仕事《しごと》があることも、看護師《かんごし》っていう仕事《しごと》にも、看護師《かんごし》の仕事《しごと》が好《す》きだって言《い》うお母《かあ》さんにも腹《はら》が立《た》ってきた。

「お父《とう》さんは、お母《かあ》さんが看護師《かんごし》でよかったって思《おも》ってるよ。」

「えっ、なんで？」

「だってお母《かあ》さんが看護師《かんごし》じゃなかったら、お父《とう》さんはじいちゃんと仲直《なかなお》りできないまま、さよならしてたと思《おも》うんだ。」

そう言《い》って、お父《とう》さんは棚《たな》の上《うえ》に目《め》を向《む》けた。棚《たな》の上《うえ》には、白髪頭《しらがあたま》に四角《しかく》い眼鏡《めがね》をかけて、ちょっとおこったような顔《かお》のおじいちゃんの写真《しゃしん》がかざってある。

あたしが生《う》まれる何年《なんねん》かまえに死《し》んじゃったから、あたしは会《あ》ったことはないけれど。

「じいちゃん、小学校《しょうがっこう》の先生《せんせい》だったんだよ。」

「知《し》ってる。」

「じいちゃんはお父《とう》さんも学校《がっこう》の先生《せんせい》になるもんだって思《おも》ってたらしいんだけど、お父《とう》さん、おもちゃが好《す》きだろ。どうせ働《はたら》くなら好《す》きなことを仕事《しごと》にしたいと思《おも》って、おもちゃの会社《かいしゃ》に就職《しゅうしょく》したんだ。そうしたらおこっちゃって。」

お父《とう》さんは苦笑《にがわら》いした。

「それでケンカになって、ずっとじいちゃんとは連絡《れんらく》とってなかったんだ。」

ちょっと意外《いがい》だった。お父《とう》さんが人《ひと》と言《い》いあったり、ケンカをしているところなんて見《み》たことがない。

「ばあちゃんとはときどき電話《でんわ》で話《はな》していたんだけどね。で、ある日《ひ》、ばあちゃんから病院《びょういん》に来《き》てほしいって連絡《れんらく》があったんだ。お父《とう》さんには言《い》うなって、とめられていたらしいんだけど、じいちゃん入院《にゅういん》していて、あんまり状態《じょうたい》がよくないって。その日《ひ》のうちに病院《びょういん》へ行《い》ったんだけど、ケンカをしたままだったし、なかなか病室《びょうしつ》に入《はい》れなくてさ。そのとき看護師《かんごし》さんが声《こえ》をかけてくれたんだ。」

「それがお母《かあ》さん⁉」

お父《とう》さんは目《め》じりを下《さ》げてうなずいた。

「北川一朗《きたがわいちろう》さんですよね、って。なんでわかったんですか？　って聞《き》いたら、お母《かあ》さんは笑《わら》って、ケータイについて

いるストラップを指《ゆび》さすんだよ。で、同《おな》じものをポケットか
ら出《だ》したんだ。」

「すごい、ぐうぜん。」

お父《とう》さんはううん、とゆっくりかぶりをふった。

「そのストラップはお父《とう》さんが最初《さいしょ》に作《つく》った商品《しょうひん》なんだ。ぜんぜん売《う》れなかったんだけどね。でもそれをじいちゃんはたくさん買《か》ってくれていたみたいで、会《あ》う人会《ひとあ》う人《ひと》にあげてたんだって。」

お父《とう》さんは話《はな》しながら、ほんの少《すこ》し目《め》を赤《あか》くした。

そのあとお父《とう》さんは、看護師《かんごし》のお母《かあ》さんから、おじいちゃんの話《はなし》をいろいろ聞《き》いたんだって言《い》った。

「じいちゃん、夜《よる》なかなか寝《ね》つけないことがあったらしくて、お母《かあ》さんが夜勤《やきん》のときには、ずいぶん話《はなし》をしたんだっ

て。話《はなし》っていうのは、たいてい、お父《とう》さんのことだったらしくてさ。」

おじいちゃんは、お父《とう》さんが小《ちい》さかったころのことや、就職《しゅうしょく》のときにケンカをしたままになっていることとか、いろいろ話《はな》したらしい。

「で、いつも最後《さいご》は、一朗《いちろう》の作《つく》るおもちゃはなかなかおもしろいんだよって笑《わら》うんだって。」

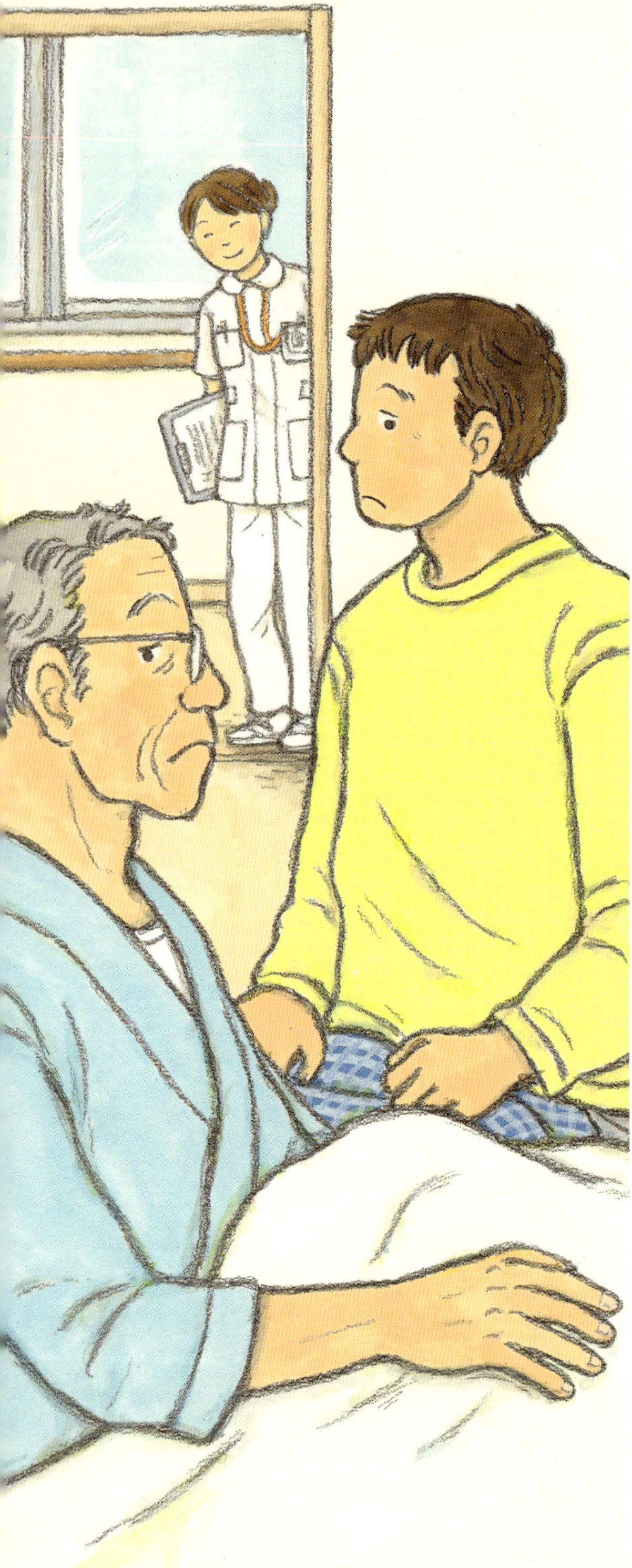

お父《とう》さんは、ふーっと息《いき》をついた。
「その話《はなし》を聞《き》いて、じいちゃんの部屋《へや》へ行《い》けたんだ。じいちゃん、お父《とう》さんにはストラップのことも言《い》わなかったし、仕事《しごと》のこともひとこともほめてくれなかったけどね。」

ベランダに下《さ》げてある風鈴《ふうりん》がちりんと鳴《な》った。

お母《かあ》さんが働《はたら》いているところは見《み》たことがない。あたしが知《し》ってる看護師《かんごし》は、近所《きんじょ》の診療所《しんりょうじょ》にいる看護師《かんごし》さんだ。診察《しんさつ》のまえに、「どんな具合《ぐあい》ですか?」とか「ごはんはなにを食《た》べたの?」とか、いろいろ聞《き》いてそれをメモしたり、お医者《いしゃ》さんのそばでお手伝《てつだ》いをしたりする。それから注射《ちゅうしゃ》をしたり、包帯《ほうたい》を巻《ま》いたり、歩《ある》くのが大変《たいへん》な患者《かんじゃ》さんがいたら、診《しん》察室《さつしつ》までからだを支《ささ》えてつれていってあげたり、車《くるま》いすをおしているのも見《み》たことがある。

「患者《かんじゃ》さんのおしゃべりを聞《き》くのって、看護師《かんごし》の仕事《しごと》なのかな?」

「うーんそうだなぁ。なら、見《み》に行《い》ってみようか、お母《かあ》さんの仕事《しごと》。」

「だ、だめだよ！」

「なんで？」

「だって、病院《びょういん》は用《よう》もないのに行《い》くところじゃないし。」

あたしが言《い》うと、お父《とう》さんは二度《ど》まばたきをして、にんまり笑《わら》った。

「だいじょうぶ。お父《とう》さんにまかせておけ。」


お昼過《ひるす》ぎ、あたしはお父《とう》さんにつれられて家《いえ》を出《で》た。

お母《かあ》さんの働《はたら》いているよつば総合病院《そうごうびょういん》は、地上《ちじょう》五階《かい》、地下《ちか》

二階《かい》の大《おお》きな病院《びょういん》で、駅《えき》のホームからも建物《たてもの》が見《み》える。

「よーし、ちょうどいい時間《じかん》だ。」

お父《とう》さんは改札口《かいさつぐち》を出《で》ると、うで時計《どけい》を見《み》て言《い》った。

「ちょうどいいって？」

「ん？　面会時間《めんかいじかん》。午後《ごご》は二時《じ》からのはずだから。」

「面会《めんかい》？　お見舞《みま》いに行《い》くの？だれの？」

「まんぷく亭《てい》のおやじさん。」

まんぷく亭《てい》は、うちの近所《きんじょ》にある定食屋《ていしょくや》さんだ。

土曜《どよう》や日曜《にちよう》に、お母《かあ》さんの仕事《しごと》が入《はい》っている日《ひ》は、よくお父《とう》さんとふたりでお昼《ひる》ごはんを食《た》べに行《い》く。

「おじさんどうしたの？」

まえを歩《ある》くお父《とう》さんに言《い》うと、お父《とう》さんはふりかえった。

「急性虫垂炎《きゅうせいちゅうすいえん》。盲腸《もうちょう》だって。」

「盲腸《もうちょう》。」
「手術《しゅじゅつ》も終《お》わったっていうし、ちょうど見舞《みま》いに行《い》こうと思《おも》ってたんだ。見舞《みま》いに行《い》けば、お母《かあ》さんが仕事《しごと》していると
ころも見《み》られるし、一石二鳥《いっせきにちょう》だろ。」
一石二鳥《いっせきにちょう》っていう言《い》い方《かた》は、まんぷく亭《てい》のおじさんに悪《わる》い
気《き》がする。でも……。
目《め》のまえにたっている大《おお》きな建物《たてもの》を見上《みあ》げてどきどきした。
見《み》てみたい。
お母《かあ》さんはどんなふうに働《はたら》いているんだろう。看護師《かんごし》って
どんな仕事《しごと》なんだろう。
見《み》てみたい。

「お見舞《みま》いに行《い》くならお花持《はなも》っていこうよ。」

「花《はな》か、そうだな、見舞《みま》いだもんな。」

病院《びょういん》の横《よこ》にある花屋《はなや》さんで、あわいピンクのカーネーションとオレンジ色《いろ》のガーベラを選《えら》んだ。

「お見舞《みま》いなので、アレンジメントにしてください。」

あたしが言《い》うと、花屋《はなや》さんはかわいいかごに花《はな》をかざってくれた。

「花束《はなたば》のほうがごうかに見《み》えるんじゃないか？」

お父《とう》さんは、受《う》けとったふくろのなかにある小《ちい》さな花《はな》を見《み》ながら少《すこ》し不満《ふまん》そうに言《い》ったけど、お見舞《みま》いには、これがいい。

「花《か》びんがないかもしれないし、あっても毎日《まいにち》お水《みず》をかえるの大変《たいへん》でしょ。それに大《おお》きい花束《はなたば》はじゃまにもなるんだって。」

「よく知《し》ってるなあ。」

「お母《かあ》さんが言《い》ったから。」

あたしがこたえると、ああ、とお父《とう》さんはうれしそうにうなずいた。

病院《びょういん》はがらんとしていた。日曜日《にちようび》で外来《がいらい》はお休《やす》みだから、あたりまえといえばあたりまえだけど、診察室《しんさつしつ》があるらしい受付《うけつけ》の右側《みぎがわ》は電気《でんき》も消《き》えていて、しんとしている。外《そと》ではセミが鳴《な》いているのに、どこかさむざむしい。受付《うけつけ》で面会《めんかい》ノートに名前《なまえ》を書《か》いているお父《とう》さんのうしろにくっついて、シャツをにぎった。

「おじさんは何階《なんがい》に入院《にゅういん》しているの？」

「四〇三号室《ごうしつ》って言《い》ってたから四階《かい》だな。」

一階《かい》には内科《ないか》や小児科《しょうにか》、産婦人科《さんふじんか》、皮膚科《ひふか》、外科《げか》なんかの外来《がいらい》の診察室《しんさつしつ》があって、二階《かい》は検査室《けんさしつ》や手術室《しゅじゅつしつ》になっている。入院病棟《にゅういんびょうとう》は、三、四、五階《かい》だ。お母《かあ》さんはそこで働《はたら》いている。

エレベーターをおりたとき、あたしはびっくりした。一階《かい》はフロア全体《ぜんたい》がねむってるみたいだったのに、ここは明《あか》るい。大《おお》きな窓《まど》から差《さ》しこむやさしい日《ひ》の光《ひかり》に、やわらかいクリーム色《いろ》の壁《かべ》。ろうかの両側《りょうがわ》に並《なら》んでいる病室《びょうしつ》からは、テレビの音《おと》や話《はな》し声《ごえ》がかすかに聞《き》こえる。

空気《くうき》が動《うご》いてる。時間《じかん》が流《なが》れてる。

そのとき、女《おんな》の人《ひと》のどなり声《ごえ》が聞《き》こえて、あたしは固《かた》まった。

「ああ、いたいいたい！　へたくそ！」

声《こえ》は、右《みぎ》の病室《びょうしつ》から聞《き》こえる。

「あたしにいやがらせしてるんだろ！」

「もうちょっとだけ、がまんしてくださいね。」

「あんたは出《で》てけ、ほかの看護師《かんごし》にかえろ！」

「はい、これで終《お》わります。はい終《お》わりました。」

なかの様子《ようす》は見《み》えないけど、患者《かんじゃ》さんがどなっているんだってことはわかる。

「希子《きこ》。」

思《おも》わず立《た》ちどまってしまったあたしを、お父《とう》さんが呼《よ》んだ。

「あんな言《い》い方《かた》、ひどいよ。」

部屋《へや》のほうをふりかえると、お父《とう》さんは肩《かた》をすくめた。

「いろんな人《ひと》が入院《にゅういん》しているからね。それに具合《ぐあい》が悪《わる》いと、だれかにあたりたくなることもあるんじゃないかな。」

「そんなことであたられたら、看護師《かんごし》さんはたまんないよ。」

「そりゃそうだろうけど、あ、ここだ。」

四〇三号室《ごうしつ》と書《か》いてある部屋《へや》のドアをノックして入《はい》っていく。ベッドが四つあって、そのいちばん手前《てまえ》のベッドに、まんぷく亭《てい》のおじさんがいた。

「どうもー。」

お父《とう》さんが声《こえ》をかけると、おじさんはおどろいた顔《かお》をして、それから「なんだよ、わざわざ来《こ》なくたって。」って言《い》いながら、照《て》れたように笑《わら》った。

おじさんは思《おも》ったより元気《げんき》そうで、あたしたちにいすをすすめると、救急車《きゅうきゅうしゃ》に乗《の》ったことや手術《しゅじゅつ》の日《ひ》の話《はなし》なんかをひととおりした。

「お母《かあ》さん、すごいねぇ。注射《ちゅうしゃ》もうまいしていねいだし、本《ほん》当《とう》にかっこいいよ。」

おじさんはあたしにそう言《い》うと、お父《とう》さんを見《み》て、人《ひと》さし指《ゆび》と中指《なかゆび》をちょんと動《うご》かした。

「北《きた》ちゃん、どうだい一局《いっきょく》。」

「いいですねー。」

お父《とう》さんが言《い》うと、おじさんはベッドのわきにある棚《たな》の引《ひ》き出《だ》しから、持《も》ち運《はこ》び用《よう》のマグネット式将棋盤《しきしょうぎばん》をとりだした。

将棋《しょうぎ》やるの？　これが始《はじ》まると長《なが》いんだ。
病院《びょういん》に来《き》た目的《もくてき》は、お母《かあ》さんの仕事《しごと》を見《み》ることなのに、お父《とう》さんすっかり忘《わす》れてる。

しかたがないから、ひとりで病棟《びょうとう》のなかを歩《ある》いてみることにした。

はばの広《ひろ》いろうかを真《ま》っすぐ行《い》くと、正面《しょうめん》がカウンターで仕切《しき》られている「ナースステーション」という部屋《へや》があった。

患者《かんじゃ》さんのお世話《せわ》をするとき以外《いがい》は、ナースステーションにいることが多《おお》いって、お母《かあ》さんに聞《き》いたことがある。

部屋《へや》の真《ま》ん中《なか》にはだ円形《えんけい》の大《おお》きな机《つくえ》があって、壁《かべ》ぎわにはファイルのたくさん入《はい》った書類棚《しょるいだな》やパソコン、モニターがいくつも並《なら》んでいる。その一台《だい》のパソコンを見《み》ながら、三人《にん》の看護師《かんごし》さんが話《はなし》をしている。

ちらちらのぞいてみたけど、お母《かあ》さんはいなかった。ほっとしたような、がっかりしたような気持《きも》ちでエレベーターホールのほうへ歩《ある》いていくと、名前《なまえ》を呼《よ》ばれた。

聞《き》きなれた声《こえ》にどきっとしながらふりかえると、ナースウエアを着《き》たお母《かあ》さんが車《くるま》いすをおして立《た》っていた。

「やっぱり希子《きこ》だ。どうしたの？　なにかあった？」

ううんと、数度《すうど》かぶりをふると、お母《かあ》さんはほっと息《いき》をついて、車《くるま》いすにすわっている若《わか》いお兄《にい》さんに、「娘《むすめ》の希子《きこ》です。」って話《はな》しかけた。お兄《にい》さんは「ども。」とうなずいて、にこにこしている。

「あたし、お父《とう》さんとまんぷく亭《てい》のおじさんのお見舞《みま》いに。」

へへって笑《わら》いながら鼻《はな》の頭《あたま》をかいていると、お母《かあ》さんはポケットからＰＨＳ《ピーエイチエス》をとりだした。看護師《かんごし》さんたちは、医療機《いりょうき》器《き》にえいきょうの少《すく》ない、医療用《いりょうよう》のＰＨＳ《ピーエイチエス》をいつも持《も》っている。

「ナースコール？　行《い》っていいよ。」

車《くるま》いすにすわっているお兄《にい》さんがお母《かあ》さんに顔《かお》を向《む》けた。

「でも。」

「オレはだいじょうぶだから。あ、部屋《へや》まで希子《きこ》ちゃんに送《おく》ってもらおうかな。」

え、あたし？

お母《かあ》さんは、車《くるま》いすにかけてある点滴《てんてき》の量《りょう》をかくにんしてうなずいた。

「じゃあ、終《お》わったらすぐ点滴《てんてき》の交換《こうかん》に行《い》きますね。希子《きこ》、よろしく。」

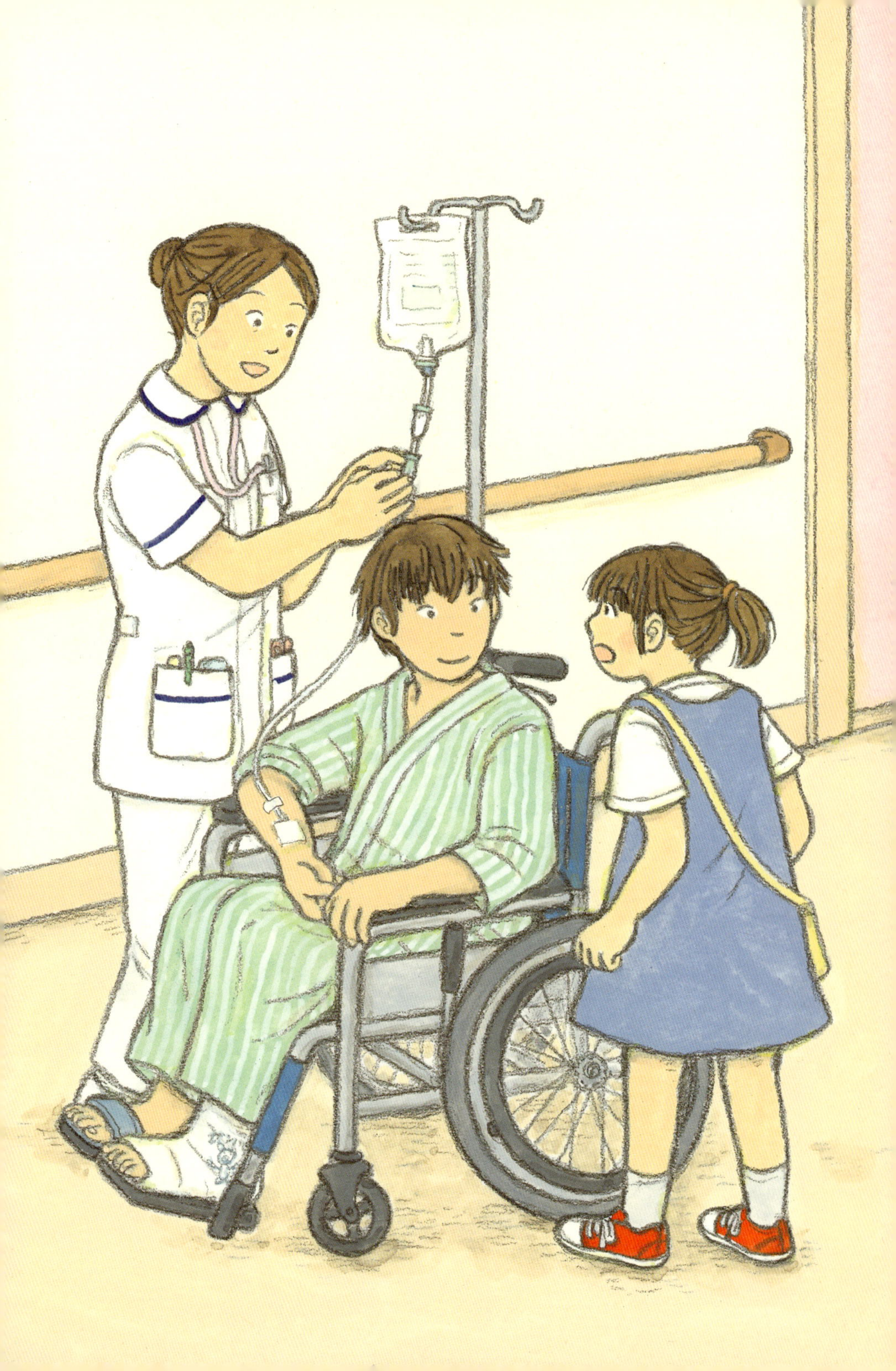

「ほら、早《はや》く早《はや》く。」

お兄《にい》さんにせかされて、お母《かあ》さんはきびすをかえした。

あたし、なにすればいいの？

とまどっているあたしを横目《よこめ》に、
お兄《にい》さんは車《くるま》いすを動《うご》かしはじめた。

「お、おします。」

「じゃあ四一七号室《ごうしつ》まで
お願《ねが》いします。」

「はい。」

車《くるま》いすは学校《がっこう》の体験授業《たいけんじゅぎょう》で
おしたことがあるけど、

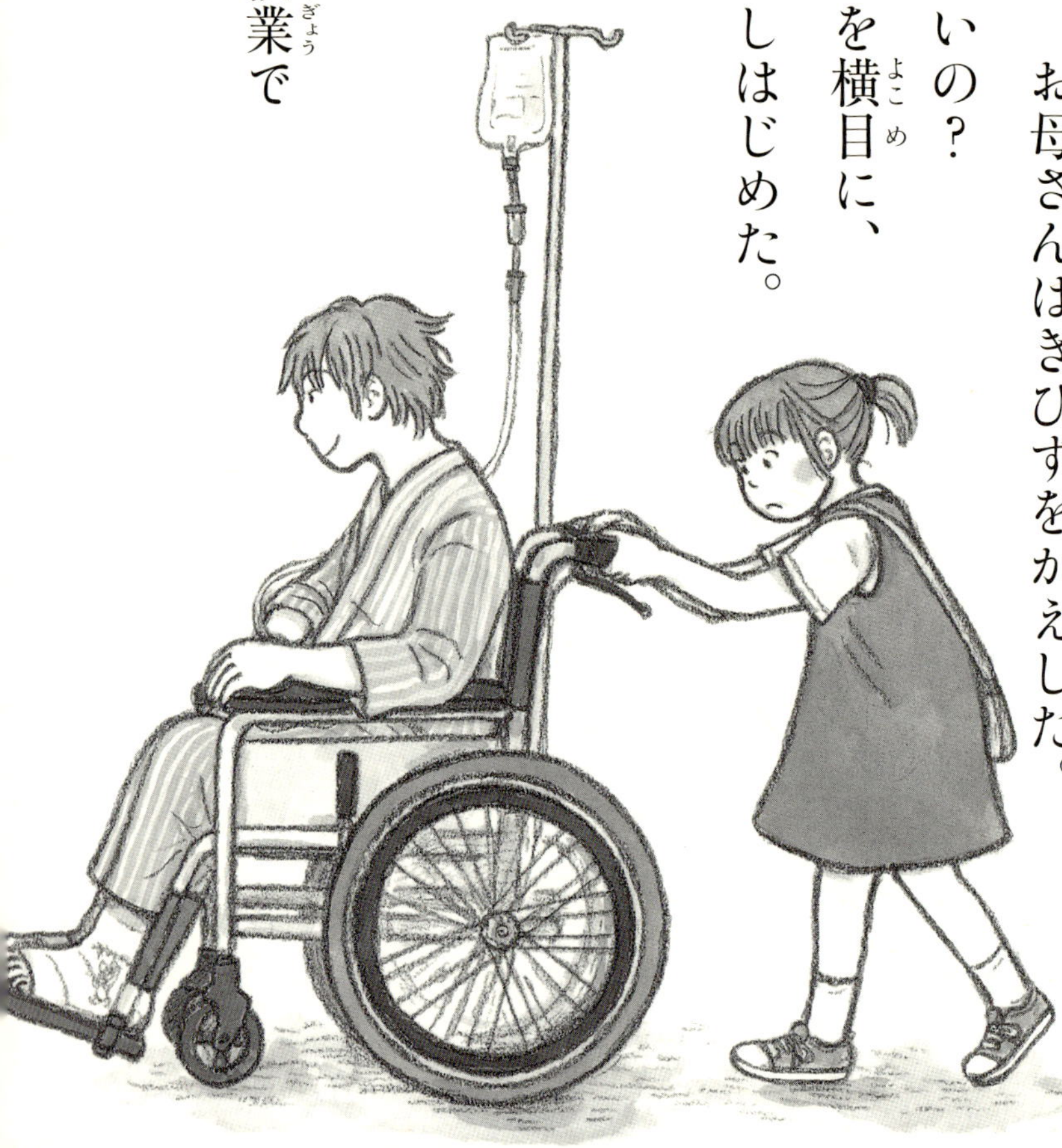

すわっているのが本物《ほんもの》の患者《かんじゃ》さんだと思《おも》うときんちょうする。

「ムリにたのんじゃったみたいでごめんね。でも患者《かんじゃ》さん待《ま》たせちゃったら悪《わる》いだろ。」

「……お兄《にい》さんも、患者《かんじゃ》さんでしょ？」

お兄《にい》さんがふりかえって、ちらとあたしを見上《みあ》げた。

「あ、なんか、患者《かんじゃ》さんにもいろんな人《ひと》がいるなと思《おも》って。さっき看護師《かんごし》さんにひどいことを言《い》ってる人《ひと》がいたから。」

「そういう人《ひと》もいるよね。でもみんなたよりにしてるし、感謝《かんしゃ》もしてると思《おも》うよ。ひどいこと言《い》う人《ひと》だって、本心《ほんしん》はわからないし、言《い》ってから後悔《こうかい》してるかもしれない。」

「そうかな。」

「まあ、まれにそうじゃない人《ひと》も
いるかもしれないけど。」
お兄《にい》さんは声《こえ》を立《た》てて笑《わら》った。
「オレさ、看護師《かんごし》に
なろうって思《おも》ってるんだ。」
「えっ!?」
「そんなにおどろく？　男《おとこ》の
看護師《かんごし》って増《ふ》えてんだよ。」
「それは知《し》ってるけど、
でも看護師《かんごし》の仕事《しごと》って。」
「かっこいいよなぁ。」

「かっこいい？」

「だって人《ひと》を元気《げんき》にする仕事《しごと》だろ。」

「それはお医者《いしゃ》さんでしょ。」

「病気《びょうき》とかケガを治《なお》すのは医者《いしゃ》かもしれないけどさ、オレは北川《きたがわ》さんたち看護師《かんごし》さんのおかげで元気《げんき》になろう、なりたいって思《おも》えるようになったんだ。」

「お母《かあ》さんたちのおかげ？」

「これ見《み》てよ。」

足《あし》のギプスに、ガンバレ！の文字《もじ》といっしょに、はたをふっているくまの絵《え》がかいてある。

「北川《きたがわ》さんがかいてくれたんだけど、めちゃ下手《へた》だよね。」

「ごめんなさい、お母《かあ》さん絵《え》、下手《へた》なんです。」

お兄《にい》さんはううんと笑《わら》った。

「これ見《み》てると笑《わら》っちゃってさ。オレね、ずっとサッカーやってたんだ。でもケガしちゃって、もうサッカーはムリだって。そう言《い》われてから、オレ、看護師《かんごし》さんにも八《や》つ当《あ》たりばっかりしてて。すげーいやな患者《かんじゃ》だったと思《おも》うよ。」

「お兄《にい》さんが？」

「うん。大事《だいじ》なものとか夢《ゆめ》とか、なんにもなくなっちゃったと思《おも》ってたんだ。だからなにも食《た》べたくないし、リハビリだってぜんぜん。」

こんなに笑顔《えがお》のお兄《にい》さんがそんなふうだったなんて、想像《そうぞう》できなかった。

「でも北川《きたがわ》さんたちはさ、毎日《まいにち》笑《わら》っておはようって言《い》ってくれたんだ。いろいろ話《はな》しかけてくれて、つらいときはつらいって言《い》ってねって。」

あたしはお兄《にい》さんの足《あし》をじっと見《み》た。

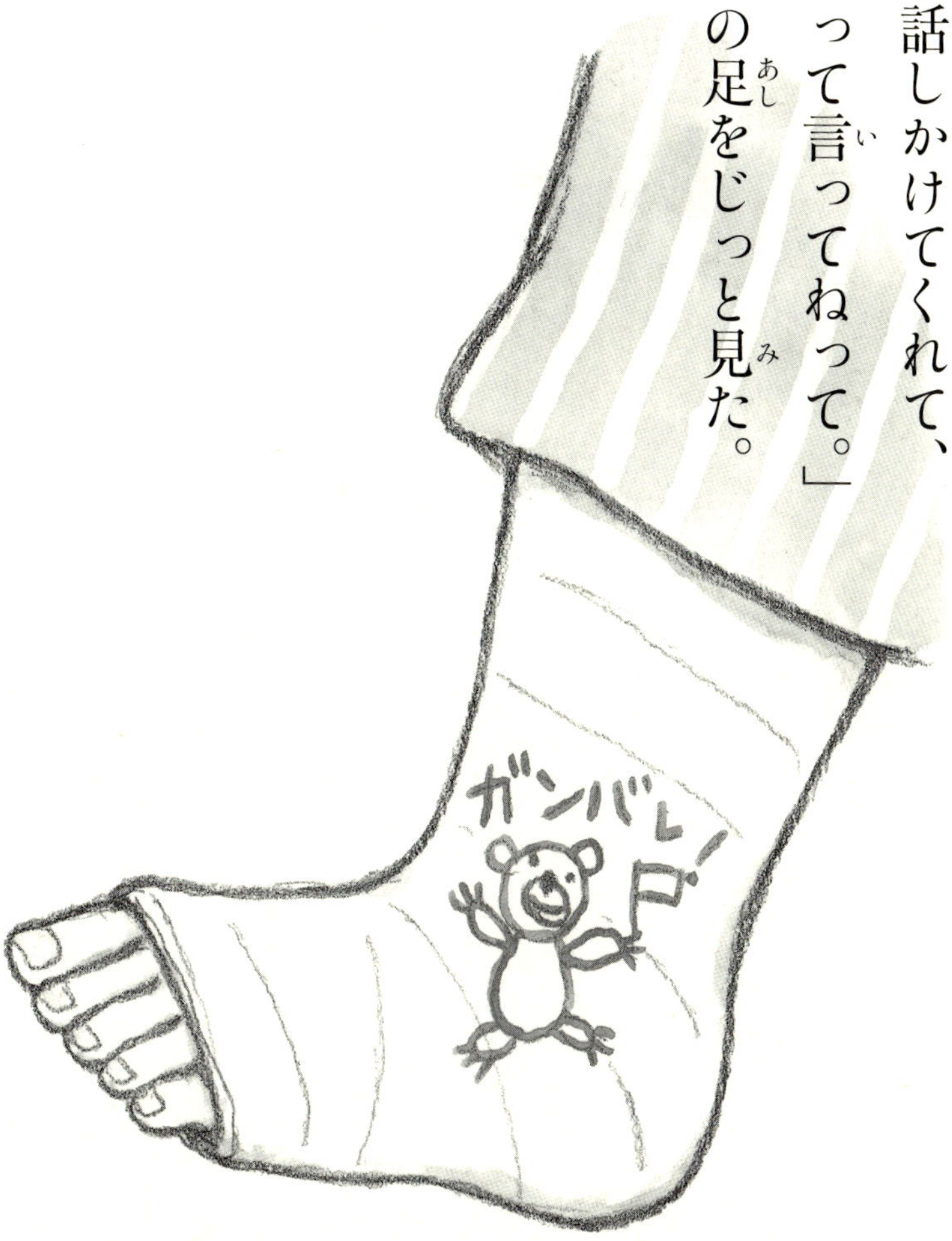

「それでもオレずっとすねてたんだけど、北川《きたがわ》さんが髪《かみ》を洗《あら》ってくれたんだ。髪《かみ》なんて洗《あら》っても足《あし》が治《なお》るわけじゃないし、いいって言《い》ったんだけど、北川《きたがわ》さん強引《ごういん》なんだよなー。でも、洗《あら》ってもらったらすっげー気持《きも》ちよくて。気《き》づいたら、泣《な》いてた。自分《じぶん》でもわけわかんなかったんだけど、なんていうのかな……。オレ、生《い》きてんだなって。」

ろうかの窓《まど》から、真《ま》っ白《しろ》な入道雲《にゅうどうぐも》が見《み》えた。

「あんなふうにだれかの力《ちから》になれたらって、なりたいって思《おも》った。オレ、また希望《きぼう》もてたんだよ。」

お兄《にい》さんは、ふりかえってにっと笑《わら》った。

まんぷく亭《てい》のおじさんの病室《びょうしつ》にもどると、ふたりはまだ将《しょう》棋《ぎ》をさしていた。

「希子《きこ》ちゃん、もうちょっと待《ま》ってて。売店《ばいてん》でアイスでも食《た》べておいでよ。」

「えーっ。」と文句《もんく》を言《い》いながら、まんぷく亭《てい》のおじさんにもらった二百円《ひゃくえん》を持《も》って一階《かい》の売店《ばいてん》へ行《い》くと、どこかで見《み》たことのある女《おんな》の人《ひと》がいた。だれだっけ……と考《かんが》えていると、

「タオルあったよ。」と聞《き》き覚《おぼ》えのある声《こえ》がした。

「花梨《かりん》ちゃん⁉」

あたしの声《こえ》にふりむくと、花梨《かりん》ちゃんは、「あっ。」と、口《くち》をひらいた。

「お友《とも》だち？」と、となりにいる女《おんな》の人《ひと》が言《い》うと、「同《おな》じクラスの北川《きたがわ》さん。」と、花梨《かりん》ちゃんはうなずいた。

そうだ、この人《ひと》あの雑誌《ざっし》にのってた花梨《かりん》ちゃんのお母《かあ》さんだ。

「いつも花梨《かりん》と仲《なか》よくしてくれてありがとう。北川《きたがわ》さんもお見舞《みま》い？」

「えっと、お母《かあ》さんがここで働《はたら》いていて。」

「もしかして看護師《かんごし》さん？」

はい、とうなずくと、花梨《かりん》ちゃんのお母《かあ》さんはぱっと笑顔《えがお》になった。

「母《はは》が入院《にゅういん》しているんですけれど、看護師《かんごし》さんには本当《ほんとう》によ

くしてもらって、
いつもみんなで
感謝《かんしゃ》しているんです。」

じわっと
あったかいものが
胸《むね》のおくに広《ひろ》がった。

――いつもみんなで感謝《かんしゃ》しているんです。
――また希望《きぼう》もてたんだよ。
――本当《ほんとう》にかっこいいよ。

「お母《かあ》さん、すばらしいお仕事《しごと》されているのね。」

「はい！」

あたしが大《おお》きな声《こえ》でこたえると、花梨《かりん》ちゃんは少《すこ》し照《て》れくさそうにあたしに笑《わら》った。

看護師《かんごし》ってすごい。

「感謝《かんしゃ》」「希望《きぼう》」「かっこいい」

看護師《かんごし》の仕事《しごと》は、すてきな3K《さんケー》だ。

Kansha
Kibou
Kakkoii

看護師《かんごし》のまめちしき

看護師《かんごし》のお仕事《しごと》に
ちょっぴりくわしくなる
オマケのおはなし

おしごとのおはなし

看護師《かんごし》って、どんなお仕事《しごと》？

清潔《せいけつ》なナース服《ふく》に身《み》をつつんで、病院《びょういん》にいる患者《かんじゃ》さんの脈《みゃく》をはかったり、注射《ちゅうしゃ》をしたり、点滴《てんてき》をしたり……。おそらく、そういうイメージを持《も》っているかと思《おも》います。医師《いし》が患者《かんじゃ》さんを治療《ちりょう》する手伝《てつだ》いをするのも仕事《しごと》ですが、希子《きこ》のお母《かあ》さんのように、入院《にゅういん》している患者《かんじゃ》さんが、少《すこ》しでも過《す》ごしやすくなるよう手助《てだす》けをするのも看護師《かんごし》の仕事《しごと》です。もっとくわしく言《い》いますと、患者《かんじゃ》さんの食事《しょくじ》やトイレ、お風呂《ふろ》に入《はい》るのを手伝《てつだ》ったり、ベッドを整《ととの》えたり、患者《かんじゃ》さんを別《べつ》の場所《ばしょ》に移動《いどう》させたりもします。夜間《やかん》も患者《かんじゃ》さんに異常《いじょう》があったら大《たい》変《へん》なので、交代《こうたい》ではたらいています。つまり、二十四時間《じかん》、看護師《かんごし》がはたらいていない時間《じかん》はありません。

また、ドラマで手術《しゅじゅつ》のシーンを見《み》たことがあるかもしれませんが、医師《いし》にメスなどの道具《どうぐ》をわたすのも看護師《かんごし》の仕事《しごと》です。

看護師《かんごし》の仕事《しごと》は、医師《いし》の診察《しんさつ》や指示《しじ》にもとづいて行《おこな》われていますが、苦《くる》しんでいる患者《かんじゃ》さんが元気《げんき》に回復《かいふく》するのを、医師《いし》よりそばで支《ささ》える仕事《しごと》といえるでしょう。

どんな人《ひと》が看護師《かんごし》にむいている？

「だれかがけがをしたら、保健室《ほけんしつ》に連《つ》れていってくれる人《ひと》でしょ！」もちろん、こまっている人《ひと》にやさしくするのも大切《たいせつ》です

が、ほかにも看護師《かんごし》になるのに必要《ひつよう》な心《こころ》がまえがあります。まずは、なんといっても体力《たいりょく》です。立《た》っている時間《じかん》が長《なが》いですし、患者《かんじゃ》さんをだきあげたり、医療用《いりょうよう》の器具《きぐ》を運《はこ》んだりと力《ちから》も使《つか》います。そして、あたりまえのことですが、病院《びょういん》には病気《びょうき》やけがをした人《ひと》がやってきます。生《い》きるか死《し》ぬかという重《おも》い病気《びょうき》にかかっている人《ひと》もいますし、血《ち》を流《なが》している人《ひと》もいます。それを見《み》て看護師《かんごし》がショックを受《う》けていてはいけません。いちばん不安《ふあん》なのは患者《かんじゃ》さんです！　どんな場合《ばあい》でも、その患者《かんじゃ》さんにとってベストなことはなにか、冷静《れいせい》に判断《はんだん》できる力《ちから》が必要《ひつよう》です。やさしさだけでは、つとまらないということです。

看護師《かんごし》になるには？

看護師《かんごし》になるには資格《しかく》が必要《ひつよう》です。高校《こうこう》を卒業《そつぎょう》したあと、看護大学《かんごだいがく》（四年《ねん》）、看護短期大学《かんごたんきだいがく》（三年《ねん》）、看護専門学校《かんごせんもんがっこう》（三年《ねん》）などで勉強《べんきょう》をし、国家試験《こっかしけん》を受《う》けて合格《ごうかく》しなければなりません。みな

さんは、「准看護師《じゅんかんごし》」を知《し》っていますか？　中学《ちゅうがく》、高校《こうこう》を卒業後《そつぎょうご》、専門学校《せんもんがっこう》などの養成所《ようせいじょ》で二年間勉《ねんかんべん》強《きょう》するか、高校《こうこう》の衛生看護科《えいせいかんごか》で三年間学《ねんかんまな》んだあと、試験《しけん》に合格《ごうかく》すれば資格《しかく》がもらえます。看護師《かんごし》は医師《いし》がいなくても病気《びょうき》やけがをした人《ひと》の世話《せわ》ができますが、准看護師《じゅんかんごし》は、医師《いし》か看護師《かんごし》の指示《しじ》を受《う》けないと仕事《しごと》ができない決《き》まりです。

いま、日本《にっぽん》の看護師《かんごし》の数《かず》は足《た》りていません。そのせいで病院《びょういん》がつぶれた例《れい》もあります。二〇一八年度《ねんど》から、それまでは十年以上《ねんいじょう》の経験《けいけん》が必要《ひつよう》だったところを、七年以上《ねんいじょう》、准看護師《じゅんかんごし》として働《はたら》いてきた人《ひと》であれば、通信制《つうしんせい》のカリキュラムを受《う》けることで看護師《かんごし》になれるようにするなど、国《くに》としても看護師《かんごし》の数《かず》を増《ふ》やす工夫《くふう》をしています。

いとうみく

神奈川県生まれ。『糸子の体重計』（童心社）で第46回日本児童文学者協会新人賞、『空へ』（小峰書店）で第39回日本児童文芸家協会賞を受賞。『二日月』（そうえん社）が第62回青少年読書感想文全国コンクールの課題図書に選定。他の著書に、『かあちゃん取扱説明書』『アポリア　あしたの風』（ともに童心社）、『カーネーション』（くもん出版）、『ねこまつりのしょうたいじょう』（金の星社）などがある。「季節風」同人。

藤原ヒロコ｜ふじわらひろこ

1972年、大阪府生まれ。武蔵野美術大学視覚伝達デザイン学科卒。2001年にパレットクラブイラストコースを受講し、イラストの仕事を始める。絵を担当した本に、『かあさんのしっぽっぽ』（BL出版、村中李衣作）、『まいごのアローおうちにかえる』（佼成出版社、竹下文子作）、『キワさんのたまご』（ポプラ社、宇佐美牧子作）などがある。

ブックデザイン／脇田明日香

巻末コラム／編集部

おしごとのおはなし　看護師《かんごし》

すてきな3K《さんケー》

2018年1月22日　第1刷発行

作　いとうみく

絵　藤原《ふじわら》ヒロコ

発行者　鈴木　哲

発行所　株式会社講談社

〒112-8001 東京都文京区音羽 2-12-21

電話　編集 03-5395-3535　販売 03-5395-3625　業務 03-5395-3615

印刷所　株式会社精興社

製本所　島田製本株式会社

N.D.C.913 79p 22cm ISBN978-4-06-220883-3